novum 🔔 pocket

AF273164

Emile Lelaidier

L'itinéraire d'un cabossé

novum ◢ pocket

Le dernier souffle de mon grand-père Salvador Segovia, en me tenant la main à l'hôpital Salpêtrière, à cinq heures du matin : il se relève et dit tout fort, devant ma mère, son frère et moi, il me dit en me regardant dans les yeux que je serais un champion. Son corps retombe lourdement sur son lit, il vient de s'éteindre. Il a senti que pour moi c'était le début de plusieurs records du monde. Pépé, merci pour ton souffle d'amour.

I

Il est six heures du matin et un léger brouillard plane sur l'hôpital intercommunal de la ville de Créteil, la ville où je suis arrivé au monde. Nous sommes le 20 mai de l'année 1957, c'est le jour de ma naissance. L'accouchement se passe avec certaines difficultés, surtout pour ma mère. Pour me faire sortir, j'ai déjà la tête dure, et c'est mon nez qui a malheureusement pris à cause de cette sortie extrêmement difficile. Placé en couveuse, on attend avant de me présenter à ma mère, Antonia Segovia et à mon père, Emile Lelaidier, surnommé Milo. On la prépare avec douceur, en essayant de trouver les mots justes concernant la déformation de mon visage. Après quelques minutes d'attente, on me présente enfin à ma maman qui me regarde d'un air horrifié !

S'adressant au médecin, elle s'exclame : « Mon fils est défiguré ! »

Le médecin répond : « Ce n'est pas grave, tout va se remettre en place avec la croissance ».

Ma mère, s'adressant à mon père : « Milo, que faire ? »

J'imagine la réponse de mon père, se pinçant les lèvres et lui répondant : « On fera le nécessaire, Tonia », la tête déjà dans les pinceaux.

Maman, furieuse, dit au médecin : « Peut-on l'opérer, Monsieur ? »

La réponse est cinglante et sans appel, c'est un non.

Rien n'y fera, je repars avec mes parents ; maman peinée et papa rêveur. Sans le savoir, c'est le début de ma carrière de boxeur. J'aurai le droit bien plus tard à trois opérations du nez. De retour à notre petit appartement de la cité Rosenberg, à Vitry Sur Seine, les années se passent dans le bonheur, dans les odeurs de peintures, au milieu des pinceaux, la salle à manger étant l'atelier de mon père qui était un artiste dans la peinture avec comme fond de musique classique de préférence Caruso, ce ténor italien. De son côté, maman nous prépare de petits plats avec tendresse, cherchant toujours de nouvelles saveurs pour que nous soyons satisfaits. Je rejoins le petit couloir qui était mon terrain de jeu, où souvent, papa participait à mes batailles de petits soldats dans de grands éclats de rire, où chacun revendiquait la victoire.

A cette période de ma vie, mon père cherche toujours à avoir l'esprit créatif pour me faire plaisir en me fabriquant des jouets comme par exemple : un ranch de Cow-Boy avec lumières intégrées, une armure en zinc avec une épée plus lourde que moi, et un casque de Croisé. Je fais de nombreuses balades avec maman, au parc aux canards de Vitry Sur Seine, vêtu avec goût, petite cote de velours bleu, chemise blanche à manche courte et chaussure de qualité, la tenue étant importante pour maman. De la balançoire au toboggan, j'évolue sous l'œil attendrit mais vigilant de maman. Bientôt la rentrée des classes, mes parents m'ont choisi, un établissement privé, l'Institut Racine à Vitry Sur Seine, tenu de main de fer par les sœurs Lasailly. Je suis un petit élève studieux. Chaque trimestre, je ramène de belles médailles d'honneur, récompensant de très bonnes notes dans toutes les matières.

Je ramène de très bons bulletins que ma mère accueille avec fierté et honneur. Une indifférence flagrante de mon père, oubliant même de venir me chercher à l'école. La directrice propose à mes parents de me faire sauter le CM2, tellement mes résultats sont excellents dans chaque matière. Ma mère préfèrera refuser car cette classe est importante avant la sixième. A cette époque, je crois que maman me dessine un très bel avenir comme lui vient à l'esprit que je devienne architecte ou même docteur. De son côté, papa cherche toujours un moyen de me surprendre, de m'émerveiller de son savoir-faire dans la création de jouets. Chaque matin, je regarde partir maman, vêtue d'un de ses nombreux tailleurs, chaussures et chapeaux correspondant à ses tenues, car elle seule part au travail laissant mon père s'épanouir, comme elle me le dira souvent, dans son art. Deux générations de peintres, le grand-père, s'appelant également Emile Lelaidier, prix de Deauville mélangeant l'art contemporain à l'art moderne, en avance sur son temps. Papa, beaucoup plus classique, était créatif dans la manière de faire des portraits, ainsi que des natures mortes. Il y a aussi Claude Lelaidier dont le talent mélange les deux styles de créations. Les Lelaidier seront d'une sensibilité créative et artistique jusqu'à la fin.

Les années petite enfance sont merveilleuses et maman surveille de très près mes devoirs en me posant la question :

« Mimil, connais-tu ta grammaire ? »

D'un ton timide, je réponds : « Non ».

Le bled à la main, elle me fait relire les règles de la grammaire, et moi, obéissant comme jamais mais d'un air boudant, je veux apprendre. Seulement après mes devoirs terminés, je pourrais jouer aux petites voitures. De son côté, papa s'améliore dans sa créativité, notre petit appartement deviendra vite un joli petit musée mélangeant, peinture, sculpture, décor mural dans la salle à manger représentant des chevaux sauvages. C'est la musique classique, tous les dimanches, qui doit inspirer mon père dans son art.

Au milieu de croissants chauds et de café, pour moi un chocolat, beaucoup d'amour en plus. Je m'épanouie doucement. Mes parents sont si différents, mais je trouvais, si complémentaires ; maman dans le travail, pour que le couple puisse manger, et papa dans ses créations, ses rêves et son ambition d'être un bon peintre.

II

Un soir de semaine, nous sommes invités chez de la famille du coté de mon père. Claude Perrier, mon oncle surnommé Pélo et demi-frère de mon père, et Micheline Perrier, la femme de mon oncle et aussi ma tante, présentent à mes parents un couple sans histoire, le couple Picot Cathy et Gilbert. Ils deviennent très vite amis de mes parents, et partagent souvent des repas et des sorties. Tout se passe pour le mieux et pourtant, sûrement qu'une relation secrète commencera entre Cathy et mon père, sous le nez de ma mère, invisible à mes yeux. Une relation que je n'accepterai jamais et qui brisera à jamais les liens sacrés que j'avais avec mon père. Un mercredi, mon jour de repos, mon père improvise une sortie. Je suis étonné mais très heureux de partager un moment de complicité avec mon père.

D'un ton joyeux, il me dit : « Mimil, tu viens, on sort ».

Je lui réponds : « Oui, mon papa ».

Ma maman, prévenue de notre sortie, m'a préparé une jolie tenue : un petit pantalon d'été, chemise à carreaux assortie à de belles petites sandales d'été. Un dernier coup de peigne et nous nous dirigeons vers la sortie. Marchant côte à côte, je regarde furtivement papa pour qui j'ai beaucoup d'admiration pour sa carrure, son allure et sa force d'Hercule. On se dirige, vers la place Cavé pour attendre le bus. Je savoure ces moments, ils sont si rares que jamais je ne voudrais que cette journée se termine, car souvent, papa est occupé par son art. Le bus 182 arrive direction Mairie d'Ivry. On monte dans le bus et nous nous asseyons l'un en face de l'autre, en se regardant avec tendresse jusqu'au métro. On prend le métro, et je suis entre rêve et bonheur, j'aimerais que le temps s'arrête pour rester près de papa.

Arrivant à la station du Parc Montsouris, nous sommes devant le parc. Papa me lâche la main. Je commence à courir, insouciant, respirant à pleins poumons l'air un peu froid de l'hiver et le vent soufflant sur mes grosses joues d'enfant. Autour de moi, les arbres, les oiseaux et les fleurs m'accompagnent dans ma rêverie. Soudain, comme effrayé de perdre de vue papa, je me retourne brusquement. Une image violente, insolite, que je voudrais effacer de suite tellement elle me fait mal.

Papa, main dans la main avec cette femme qui est d'une monstruosité. Il s'agit de Cathy Picot, cette femme venue chez moi et qui était soi-disant amie de maman, et sans aucune pudeur, elle me pique mon père et détruit notre famille en les laissant étaler leur liaison. A cette époque, je n'étais qu'un petit garçon timide et choqué de l'image que je viens de voir, j'aimerai pouvoir me cacher dans l'herbe, et pleurer sans honte. Aucun mot échangé avec eux, je me mure dans le silence. Je voudrais m'éloigner de ce faux couple, briseur de rêves et d'enfance. Le retour sera pénible et douloureux. Chaque station de métro est une souffrance, une douleur et une trahison qui me fera éloigner de mon père. Innocemment, je suis l'alibi de ce père que j'admirais, me sentant trahi, je n'ai plus que haine et dégout. Arrivant à l'appartement, mon père se réfugie dans ses tableaux pour éviter mon regard triste. M'approchant de maman, qui faisait la vaisselle, je lui décris ce que j'ai vue. L'eau chaude coule sur ses mains, des larmes sur ses joues, elle reste digne, presque sans faille. J'ai honte et je lui dis que je suis innocent de la scène que j'ai pu voir.

Unis par le même chagrin, on se prend dans les bras et pour nous, ce sera bientôt le début d'une autre vie qui je l'espère, sera mieux que la précédente. Jamais plus je ne voudrais partager avec mon père d'autres sorties. Mon enfance est brisée, papa et maman vont se séparer ; mon seul refuge, mes petits soldats.

Quelques semaines plus tard, mon père quitte le domicile conjugal, avec éclat et sans manière, en dévalisant l'appartement et la cave de notre petit appartement de la Cité Rosenberg. En compagnie de sa maitresse Cathy, sous les yeux écœurés des voisins qui commencent à comprendre ce qui se passe. Il reviendra au moins une fois pour récupérer d'autres tableaux, ma mère le met dehors. Malgré le dégout que j'ai eu envers mon père, je le supplie en pleure de rester, mais rien n'y fera, il s'en ira. Pour moi, c'est un déchirement, un abandon, une trahison. Vitry ne sera plus pareil, le chagrin s'y est installé, j'ai perdu mes repères et mon envie d'apprendre. A la place des sentiments, il n'y aura que de la haine accompagné de beaucoup de chagrin. Maman est restée digne et pense à mon avenir. Pour elle, seul le pensionnat est la solution pour ma reconstruction mentale et de ce fait, elle enchaine deux travails pour pouvoir m'élever.

Elle me dit : « Mimil, je suis triste, mais tu dois partir en pension ».

Je réponds : « Non, non, je veux rester près de toi ».

Elle me dit : « Je pourrais mieux assumer mes deux emplois, mécanographe comptable et conditionneuse de produits chimiques ».

Je réponds : « J'ai peur, je dois te protéger ».

Mais sa décision est prise. Je finirai par partir.

La famille espagnol du côté de ma mère, composée de mon grand-père Salvador Segovia et de ma grand-mère Carmen Segovia ; pour eux, c'est une honte.

Ma grand-mère cris à ma mère : « Tu as choisi ton mari, même mauvais tu te dois de le garder ».

Maman tient tête à ses parents en disant : « Je ne vais quand même pas faire ménage à trois ».

On est bien seuls avec maman, la rue de Choisy est pleine de Segovia, oncles, tantes, cousins, mais personne ne tend la main pour nous, on sera oublié bien facilement.

J'aurais tellement voulu un peu d'attention, au moins une main tendue, un encouragement, un soutien humain, mais je n'aurais que de l'indifférence, un peu de moquerie, de la bêtise, énormément de méchanceté, et deux cadeaux en quinze-ans : un livre de Jacquou le Croquant et un disque du chanteur Michel Polnareff.

Chez les Lelaidier, porte fermée, il ne faut surtout pas déranger.

Le grand-père Lelaidier dit à maman : « Milo t'a quitté, il a ses raisons ».

La seule fois que ma grand-mère paternelle est intervenue, c'est pour réclamer un peu d'argent pour mon éducation ; la redoutable Cathy Picot l'a mise dehors sans aucune explication.

Pelo et sa femme Micheline, préfèrent se cacher car ils ont provoqué à deux la chute destructrice du couple de mes parents. Ces gens-là ramèneront Olivier, un autre fils de mon père et mon demi-frère, afin de lui présenter, mascarade de sentiments, où il n'y a ni bonté ni amour.

Seul Christian Lelaidier, le petit frère de mon père, ouvre sa porte sans poser de questions. Je peux lui parler, me confier, c'est un peu un grand frère.

A Vitry, maman a pris sa décision.

Elle me dit : « Ta scolarité est médiocre, tu ne fais plus rien. Mimil, tu partiras en pension ».

Je lui dis : « Je me fais une raison », en regagnant ma chambre le cœur serré.

Demain sera un autre jour, il me faudra être fort, garder ma peine en moi, préparer ma valise et commencer un nouveau départ.

La seule chaleur familiale me vient d'un cousin éloigné qui s'appelle Gaetan Annunzio, de son papa Pierrot, de sa maman Josiane et de sa petite sœur Pepette. De jolies moments de vacances où tout était fait pour me rassurer et me donner un peu de chaleur et de tendresse.

Et on vient avec plaisir, après tant d'années, de se retrouver, c'est vraiment émouvant et fort, que de bons souvenirs.

Je tiens à remercier pour sa gentillesse mon oncle René DIAZ de m'avoir aidé dans mon premier emploi à l'hôpital Paul Brousse, et de toujours m'avoir encouragé dans le sport.

Braquage raté des loyers cité Rosenberg, on le braque, la sacoche tombe des mains de mon associé Thierry et il ne veut pas y retourner. Je suis furieux et dépité, tant de liquidité vient de nous échapper à cause de sa maladresse. Les condés sont après moi, ils savent que je gère une petite équipe de beaux mecs et que je suis déterminé. Ils finiront par me serrer pour un service rendu à un ami. Je monte sur un braquage, je n'ai rien gagné, et lui n'avait rien à bouffer. J'y vais, question de mentalité après quelques baffes, il s'étale et me balance. Je prends des coups, je reste sur ma version des faits. Mon associé s'appelle Jérôme, chanteur bien connu des années 70, ce qui provoque chez les condés une furie démesurée. Ils me fouille et trouvent mon diplôme de gants d'argent. Leur courage s'effondre et me jette en cellule. Je n'ai pas le droit au coup de téléphone. Le lendemain, tribunal de Créteil, je suis jeté à la ratière de ce grand tribunal ; comparution immédiate, le juge me dévisage. Je pense que les condés ont dû me faire un sacré papier de condamné car je pars directement à la prison de Fresnes et je me retrouve en cellule avec deux autres détenus : le comble de l'humour, un qui ne paye pas ses pensions alimentaires et l'autre, petit escroc aux chéquiers. Evidemment devant ces petits mecs, je me sens caïd. Très vite, j'apprends à m'imposer. De son côté, ma mère encore seule, bataille pour me faire libérer en me payant un avocat. Je ferai ma peine sans rien lâcher et enfin libérer, je me jure de quitter le monde de la délinquance et de me consacrer à la boxe. Mon matricule de prisonnier sera gravé dans ma tête : division 2 écrou 36, prison de Fresnes.

III

J'ai tout juste 11 ans à cette époque et me voilà séparé de mon père et de ma mère. Tous les lundis, je monte dans le car le cœur noué avec les idées floues et tristes, je n'avais aucune envie de partir de la maison dans des conditions aussi triste. Je regarde autour de moi pour savoir à quel endroit je peux m'asseoir. Aucun visage m'est familier, ce sont des enfants figés, sans aucune expression, laissant place uniquement à l'angoisse et à la rancœur. Je trouve enfin une place à côté d'un petit garçon aux cheveux roux, il restera mon ami pendant longtemps, il se nomme Jean-Louis CLAIRAY.

Le car arrive enfin à destination, au pensionnat Saint Charles. Devant nous, un grand portail s'ouvre, trois curés sont plantés devant l'entrée prêt à nous accueillir, et ils dévisagent chacun de nous. On récupère enfin nos affaires, et l'un des curés nous donne l'ordre de nous mettre deux par deux. La peur monte en moi, je n'ai qu'une seule envie, c'est de fuir mais il est déjà trop tard, la visite des lieux commence et tout ce qu'on avait à faire c'est d'être correct. La visite débute par le dortoir, lugubre et sordide, aux peintures passées par les années, des lits alignés en rangées et une petite armoire en ferraille. Sur notre lit il y a des draps, des couvertures et des oreillers qui sont posés pour nous permettre de passer une bonne nuit. L'un des surveillants nous explique brièvement le règlement intérieur du pensionnat : levé à 7 heures, couché à 21 heures. On visite la cantine au carrelage bleu usé, avec pleins de grandes tables. Enfin, la chapelle assez grandiose où je trouve un peu de refuge et de sérénité. On nous distribue des tenues, ce que l'on appelle des bleus de travail ; nous avons tous la même tenue pour éviter les différences vestimentaires et les jalousies entre pensionnaires. Les premiers matins ont été dures : 6 heures du matin à la douche, brossage des dents, direction la messe et puis la cantine, avec café au lait et tartines sous les yeux durs des surveillants. Début des cours, je m'assois avec mon camarade Jean Louis, on nous distribue des cahiers et des classeurs pour permettre le bon travail de chacun, suivie de la présentation des classes et des professeurs ; je n'en trouve aucun sympathique. Les mois passent, j'assiste aux cours sans conviction ; je déteste ce pensionnat. Mon ami Jean Louis, souvent pris à parti, je le protège, et me bats contre des plus grands, constamment dans la rébellion, l'arrogance, le défi, la violence et les bagarres. Convoqué devant le prêtre principal me disant :

« Lelaidier, vous vous êtes encore battu ».

Je réponds : « Oui et alors ? Je me défends moi et mon copain ».

Il dit : « Dieu vous regarde ».

Je réponds : « Je ne crois pas en Dieu », en le défiant du regard.

Il me dit: « Lelaidier, vous serez punis et passerez deux week-ends avec nous à cirer le parquet du dortoir, faire des lignes, et nettoyer les toilettes ».

Le samedi passe et mes camarades préparent leurs valises pour rentrer chez eux. Moi et Jean Louis, on se regarde, d'un regard triste et en colère. Les années passent, et je reste indomptable, les punitions fusent, je déclare ma non-foie sur le fait que mon père est parti et que Dieu n'a rien fait. Le racket est déjà présent, on me demande de l'argent et mon col roulé ; je deviens de plus en plus violent et je me défends de plus en plus.

Quand enfin je peux rentrer chez moi, à Vitry, retrouver maman, sa chaleur, son amour et partager de bons repas m'avait terriblement manqué, et je retrouvais enfin sa douceur. Le dimanche est consacré à mes copains comme les plus fidèles, Zoher, Patrick, les frères GRISET, et Jean François.

Petite virée en mobylette, le fameux modèle ancien, la Gitane Testi, je revis. Avec quelques entrainements de boxe dans la cave, plutôt des échanges de coups de poings avec Zoher, le week-end passe trop vite et me revoilà de retour en pension. Cela va durer encore un an lorsque la pension contacte ma mère : elle est convoquée un vendredi soir par le prêtre principal.

Le prêtre lui dit d'un ton sec : « Mme Segovia, votre fils n'a pas le niveau pour rester dans l'établissement, sa moyenne est de 10.5 pour passer en cinquième ».

Aucune chance ne m'est laissé et pourtant, c'est un établissement catholique et payant, leur devoir était de me donner une seconde chance, j'aurais pu m'améliorer. Malgré les supplications de maman, je ne resterai pas à Saint Charles. De retour à la maison, maman s'inquiète de mon avenir et moi, j'ai le sourire, un sourire qui définira pour moi un simple mot, celui de la liberté. Après cela, j'aurai une scolarité bancale, du collège Georges Politzer à Ivry, de l'Institut Epin à Vitry, où les profs, pour se faire écouter, mettaient des coups de poings. Je me retrouve aux Orphelins d'Auteuil, un an de ma vie à étudier la typographie. Ayant le même statut que les orphelins, je me révolte, me bats une nouvelle fois et souvent punis, je serais encore bloqué les week-ends.

Je menace maman de me suicider si elle ne me retire pas, et elle finira par céder. Je suis de nouveau à Vitry où j'intègre une école de comptabilité, deux garçons pour trente filles. J'obtiendrai malgré tout, deux degrés de comptabilité et je finirai ainsi ma scolarité pour commencer un autre parcours.

IV

Cité Rosenberg de Vitry sur Seine, mes amis sont là chaque soir : Zoher dit « Bouboule », Patrick le playboy toujours bien coiffé et bien habillé, les frères GRISET dit « *les pieds nickelés* ». Sur nos petites mobylettes débridées, on traverse Vitry à vif allure sous le regard des admiratrices, c'est bien sur nos petites copines de l'époque. Petit blouson perfecto, chemise en soie, et santiag. Quelques bagarres entre cités, de Balzac à Jean Couzy, entre combattants on ne se fait pas de cadeau. Très vite, un autre ami viendra nous rejoindre : William RENARD. Il vient de la cité Balzac. Il est grand, sec, et décidé dans toutes ses décisions, un vrai mental. Chaque samedi, je vais chez mon coiffeur, s'appelant également William, pour refaire mes mèches blondes pour avoir de l'allure et une élégance sans limite avec ma bande dans Vitry. Côté scolarité, cela restera un échec car je suis au milieu de fille en comptabilité qui me feront perdre tous mes moyens. La drague et les conquêtes se multiplient et mes diplômes de comptabilité que j'ai obtenus ne me serviront à rien dans ma carrière professionnelle.

J'ai déjà commencé la boxe française chez Maître LAFONT. Un personnage atypique avec une bonne maitrise des coups de pieds et de la canne. Mais dépourvu de pédagogie, on est tous habillé d'un collant noir et d'un slip rouge comme si on représentait les brigades du tigre.

Lafont me dit : « Monsieur Lelaidier, faites du judo car vous n'avez pas de souplesse ».

Je le regarde, conscient de ma maladresse et d'avoir si peu de qualité pugilistique. J'encaisse ces mots mais je suis bien décidé à progresser et montrer de quoi je suis capable. J'achète des lestes de deux kilos par jambes et je frappe sur un vieux punching ball monté sur deux parpaings. Je répète inlassablement mes coups de pieds, que ça soit hiver comme été, sous le regard amusé de mes grands-parents. Après une année d'entraînement, avec l'appui du champion Philipe Bas, j'obtiendrai mon gant d'argent en candidat libre à la fac de la ville de Jussieu.

Longtemps après, je retourne voir Maitre Lafont et lui dit :

« J'ai réussi, Monsieur, mon gant d'argent avec mention ».

Il me répond avec ironie : « Monsieur Lelaidier, je suis Maitre d'arme, j'en déduis qu'il a toujours raison ».

La boxe m'a aidé à connaître mon corps, ma résistance aux coups, à savoir les donner et les encaisser, mais très vite, avec volonté, je vais progresser. Côté travail, mon oncle René m'a fait embaucher à l'hôpital Paul Brousse. Je passe l'examen d'entrée avec succès et devient agent hospitalier après avoir eu des difficultés dans divers petits boulots comme enrouler du câble dans une usine, ou encore celui d'enlever la rouille sur la ferraille. Je fais quelques assauts en boxe française que je gagne, et je finirai par donner des cours dans l'enceinte de l'hôpital. Moi et mes amis on s'habille pareil, souvent au Surplus Américain au Kremlin Bicêtre, les bottes de l'armée, car ça fait plus mal en cas de bagarre avec les autres bandes. C'est Zoher, souvent, qui déclenche les hostilités ; toujours une histoire de fille ou un mauvais regard ce qui lui vaut un coup de tête redoutable, William et moi on couvre ses arrières près à en découdre. Notre cave aménagée, matelas, petite étagère, assez pour nos copines de cité, content de nous retrouver dans cet endroit bien à nous. Dire que pour Noël, j'avais 20 francs, je courrais dans la cour pour m'acheter des chaussures compensées et une chemise en soie s'il me restais de l'argent. Au bout de quelques années à l'hôpital Paul Brousse, un dilemme se pose à moi. Je dois faire un choix important : garder mon emploi ou rendre service à mon cousin José, sachant qu'il avait déjà passé les épreuves et qu'il avait échoué.

« Mimil », dit- il, « J'ai besoin de toi ».

Je lui réponds : « Pourquoi, Joe ? »

Il me dit : « Peux-tu passer un examen d'entrée à ma place ? »

De suite j'accepte, et je lui dis que je le ferai. Il est rentré avant moi à l'hôpital Paul Brousse de Villejuif sans passer aucun examen et suite à de nombreux arrêt de travail, il constate dans son dossier qu'il n'a pas passé l'examen d'entrée.

La direction lui dit : « Vous passerez l'examen d'entrée, c'est un ordre. Sinon, vous serez licencié pour faute ».

Et il leur répond avec ironie : « Ok, je le ferai ».

Le jour J, il me dépose devant l'hôpital la Pitié Salpêtrière, il est 10 heures du matin, il fait très chaud, je me suis habillé comme un milord, concentré, déterminé, je suis prêt à passer l'examen. A l'entrée, deux surveillants surveillent et vérifient les convocations et les identités de chacun. Je présente sa pièce d'identité, il est petit et blond, je suis grand et brun, le surveillant n'y verra rien. On me fait entrer dans une classe, et je passe les épreuves. Quelques temps après, mon cousin est convoqué et on lui annonce qu'il a réussi, mais que ce n'est pas lui qui a passé les épreuves. La différence d'écriture et les lettres ne sont pas du tout les mêmes, on lui dit :

« Qui a passé les examens à votre place ? »

Il se mure dans un silence, car chez nous, on ne parle pas. Ils ne feront aucun rapprochement ; lui s'appelle SEGOVIA, et moi LELAIDIER et ils ne connaissent pas notre lien de parenté. Je lui rendrai d'autres services, comme à d'autres, j'ai toujours eu beaucoup d'admiration pour son frère, mon cousin germain Michel SEGOVIA, surnommé « Boukuite ».

V

Du haut de mes 20 ans, j'avais les cheveux bruns, j'étais svelte et je faisais beaucoup de sport et surtout en défi, avec toutes formes d'autorités. Plusieurs de mes amis et moi, nous nous retrouvons dans un petit café de Vitry. Tous des beaux mecs, c'est-à-dire une vraie mentalité : on a les mêmes idées, nous souffrons tous d'un manque, d'un abandon, on voudrait tous améliorer notre quotidien, (plus voleurs que nous) les loyers de Rosenberg, aux banques, on est près à tout, sauf à s'en prendre aux innocents, enlever une vie et filer de la drogue. Un soir, on a rendez-vous à la cafétéria de Vitry sur Seine avec le frère d'une amie qui nous parle d'un coup facile dans une pizzeria à Orly. Je le trouve prétentieux, vaniteux, en clair pas très fiable. Avec mon ami William, on lui pose des questions :

« Pourquoi nous ? »

Il nous répond : « J'ai entendu parler de vous en bien, c'est ma sœur qui te connais ».

Je lui réponds : « Oui en effet, je la connais, mais pas assez pour te faire confiance ».

Je lui dis fermement : « Fin de la conversation ».

Moi et William, on se regarde et on se comprend, ce type est une baltringue. Au cours de mes rencontres dans un café de Vitry près du foyer Malien, je croise le regard d'une femme blonde. Je bois mon café et je l'observe, puis on finit par échanger des mots et je lui dis :

« Tu fais quoi dans la vie ? »

Elle me répond d'une voix inaudible : « Je suis prostituée au foyer ».

Je lui réponds : « Ah bon, c'est ton choix ».

« Non je suis séquestrée et souvent attachée à un radiateur ».

J'ai un moment de réflexion et je lui demande : « Je peux t'aider ? »

Elle me dit : « Pourquoi tu ferais ça ? »

Je lui réponds : « Par mentalité, une femme n'est pas un objet ».

Sur cette discussion, on se sépare et j'entre en contact avec le chef du foyer. Il me reçoit, petit homme frêle, un visage dur, sans vie, et m'observe. Face à face, on se défi du regard :

« Je viens récupérer la grande cousine ».

Il me répond : « Des preuves, tu peux m'en donner ? »

Je lui dis : « tu n'es pas flic, ma parole te suffit, sa famille s'inquiète et elle doit rentrer ».

Au bout d'une semaine, je suis convoqué à ce même café, je prends ma sacoche et mon colt 45 à l'intérieur et je me rends au rendez-vous. A l'extérieur du café, sur les capots des voitures, des bandes de blacks venues de Montreuil et du foyer de Vitry. J'ai deux solutions : je reste ou je m'enfuis, mais je décide d'aller jusqu'au bout. Je rentre dans le café et le chef est là.

Il me dit : « Maintenant que fais-tu ? »

Je lui répond : « Je vais sortir avec ma cousine et personne ne m'en empêchera ».

J'ouvre doucement ma sacoche et j'y glisse ma main. Je prends la fille par le bras et me dirige vers l'extérieur. Je lui offre l'hôtel et je rentre chez moi. Je l'aiderai à partir de la campagne et jamais plus je n'aurai de ces nouvelles.

Si aujourd'hui seulement, elle me lit, un sourire de remerciement me suffit. Les embrouilles des autres sont souvent les pires, l'un de mes amis a été mis à l'amende par un gitan de Choisy, il me dit :

« Mimi, j'ai besoin de toi ».

Je lui réponds : « Où tu as mis ton nez encore ? »

Il me dit : « Un pari idiot, je dois de l'argent ».

J'enchaine : « Avec qui et où ? »

Il me répond : « Un gitan de Choisy, un très chaud ».

Je prendrais le train à la gare des Ardoines à Vitry, vêtu de ma gabardine dont à l'intérieur je dissimule mon fusil à pompe. Je me dirige vers le camp de gitan. Mon ami m'a rejoint à Choisy Le Roi, j'irai voir le gars dans sa caravane, et je le menacerai pour le persuader de me rendre l'argent. Il finira par me le rendre et je reprendrai le train pour rentrer chez moi. Sur le chemin du retour, la police finira par me serrer, ils ne savent encore rien, mais sur une erreur, ils croient que mon arrestation va leur permettre de détenir des preuves. Je prends quelques bonnes baffes bien lourdes mais rien ni fera. Je maintiens que mon associé se nomme Jérôme, un brillant chanteur connu des années 80, et en fouillant dans mon portefeuille, j'ai eu la chance de garder mon diplôme de gants argenté. Le regard du policier semble changer, il n'est plus aussi vaillant. La direction dépose l'affaire au tribunal de Créteil. Cela se finira en comparution immédiate. On me présente un avocat qui sera nommé d'office pour me défendre, il plaide pourtant bien en expliquant qu'aucune preuve existante est présente dans mes affaires. Je partirai pour Fresnes. Une semaine après, je serai dehors et je suis décidé à tourner la page sachant que je veux boxer et enseigner ma vraie passion. Sur ma route, je rencontrerai les mêmes menteurs dans le monde des bandits, des voleurs de poules qui continuerons sans cesse de se venter, et pour la boxe, des grands champions aux carrières introuvables mais qui deviendront coach ; ceux-là sont dangereux. Je reprends le chemin de la salle. En m'entrainant tous les jours, je n'étais pas le plus doué, mais par ma persévérance et mon mental, j'ai obtenu de très bons résultats, ce qui m'a poussé à aller plus loin dans ma carrière de boxeur.

VI

Après plusieurs combats en boxe française, je deviens gant d'argent avec de la discipline et avec de très bonnes notes en techniques. Dans les combats, je ferai une belle démonstration face à Pascal DUCROS, champion du monde de la catégorie, salué par le journal *LE PARISIEN* dans la salle de mon ami Philippe BOSS, champion d'Europe de boxe française chez les poids lourds. J'enseigne la boxe française, savate et canne à Marcel CACHIN avec mon ami, Pierre BRACELET. Je participe au championnat d'Ile-De-France de boxe française, je perdrais en finale dans une salle mythique de Paris, près de Nation, la salle Japy. A cette époque, je travaillais au cinéma Paramount à Paris, dans lequel j'effectue beaucoup d'heures de travail et les vacations sont très longues, laissant peu de place aux entrainements. Ma mission était d'empêcher les resquilleurs de rentrer dans le cinéma gratuitement.

Je dois rester vigilant, mis à part quelques courses à travers les couloirs, je m'en sort bien. Une fois ou deux, je dois employer de la force ; devant moi, un mec sort un cutter, je lui cours après et quelques coups de pieds feront l'affaire. Bien sûr, je porterai plainte au commissariat, le pauvre agresseur pleure, un comble. Heureusement pour l'agresseur, le commissaire s'est montré très compréhensif, il n'y aura pas de condamnation pour cet homme. Cependant, je trouve une astuce pour mes petits resquilleurs. Je les vois, ils sortent ; je ne les vois pas, bonne séance. Le matin, je suis sur deux cinémas, sur les Champs Élysées, le Marbeuf, et l'UGC. Je cours après des voleurs d'affiches qui gagnent à chaque fois ; forcément, la distance était trop grande entre les deux. Je m'entraine chez Monsieur Dominique VALERA, rue Brocha aux Gobelins, après des nuits de 12 heures à faire de la surveillance à TF1 au pont d'Alma.

J'emmène mon sac de sport, et malgré des nuits sans sommeil, je vais aux entrainements, je ferai quelques combats en full contact. J'obtiendrai ma ceinture noire de full contact devant Monsieur Dominique VALERA, Youssef ZENAF, et Monsieur ABBAS. Mon dernier combat se passe à Pontault-Combault, je n'arrive plus à faire le poids, trop d'heures décalées, j'enchaine pleins de boulots, plus les entrainements et mes boulots de sécurité. Je travaille aussi dans un petit magasin Puma à Orly, où je fais les fermetures ou encore des samedis entiers à surveiller les voleurs, muni simplement de mon cadi, rempli de quelques paquets de lessive en guise de couverture, me faisant chambrer par les clientes.

Un jour, une bande d'Orly entre dans le magasin et ils s'en prennent à des personnes âgées, sachant qu'ils sont armés de canne de montagnard. Je fonce sur eux et d'autres volent des bouteilles de Whisky, et se dirigent vers la sortie. Le directeur s'est enfermé dans son bureau.

Il me dira bien après : « Monsieur Lelaidier, il fallait m'appeler ».

Je ne préfère pas répondre et en rire. J'ai compris que ce métier est sous payé et que notre profession n'était pas respectée.

Maintenant, c'est moi qui change les règles ; les petits vieux sans argent, je ferme les yeux. Les voleurs de chaussettes, je fais semblant de courir et tous les samedis, aucune inspection des magasins, juste moi pour la sécurité de deux de mes amis qui viennent avec deux sacs à dos, avec la liste de toute la cité et font leurs courses gratuitement. J'ai inventé le McDrive des pauvres, ou avant Coluche des Restos du Cœur, mais quel bonheur de soulagement des familles pour moi. Entre temps, je continue les entrainements et les combats et pourtant, j'ai de grosses journées. Je me retrouve numéro un des poids welters en kick boxing. Devant moi, Richard NAM, Kamel CHOUAREFF, le tenant du titre et un jeune niçois, Mickael VENTURA.

On me propose de faire un combat pour le titre de champion de France des poids welters. La prime de 150 euros avec les billets d'avion aller-retour, pour moi et mon coach, un repas, midi ou soir, et le reste à ma charge. Je suis très fier que l'on me donne cette opportunité malgré mon manque d'entrainement et enchainant les doubles travails : agent ratp la journée sur les toitures des métros, nettoyage plus peinture, soufflage, horrible l'hiver ; la sécurité le soir pour garder mes princesses, Aurélie, petite blonde adorable, du caractère et très jolie, et Shirley, brune, les yeux verts, douce et gentille. Je veux toujours gâter mes filles, je ne regarde pas à la dépense, les Jeans Guess, de plus j'ai la garde des deux, et seulement ma mère pour m'aider, aucune famille.

C'est à la salle Pierre Gallais, à Ivry, que je prépare mon combat avec mon ami Patrick Bourrais, et mon coach, Claude Luteau.

Mon coach, Claude Luteau, s'inquiète pour moi car j'ai très peu d'entrainement et beaucoup de boulots extérieurs. Il me dit :

« Emile, es-tu sûr de vouloir combattre ? »

Je lui dis : « Oui et non, mais c'est une chance que l'on m'offre ».

Beaucoup de sparring avec Patrick, et leçon de pattes d'ours avec Claude Luteau, entraineur de boxe anglaise à Ivry.

Le jour du combat arrive, Claude ne pourra pas m'accompagner, j'en suis désolé, et la rate me donne une après-midi pour me reposer. C'est peu, sachant le dur travail que je fournis.

Moi et Patrick, on prend bus et métro direction Orly. Une heure trente plus tard, on arrive, l'accueil est chaleureux ; on nous dépose à notre hôtel, et on viendra nous chercher un peu plus tard pour déjeuner.

La soirée arrive très vite, l'homme nationale, mon adversaire, rentre le premier, vêtu d'un peignoir rouge et un short de la même couleur. Il est tendu, concentré, et j'arrive ensuite, peignoir bleu, short bleu. Le combat commence avec intensité, on se livre à des échanges techniques, low-kick, high kick, série d'anglaise … Je dois l'avouer, je suis dominé, et j'ai beaucoup trop de cumul de boulots, de travail double, plus les cours que je dispense à Marcel Cachin.

De retour à Paris, Patrick ne me fait aucune reproche, pourtant, il aurait pu. Mais mon ami est la discrétion et la délicatesse, et aussi, il sait que j'ai besoin de ces silences pour me reconstruire et guérir, non pas de mes blessures physiques, mais morales.

Suite à cet échec, je vais combattre quatre fois en boxe Thai avec des victoires dans l'enceinte de mon club, à Marcel Cachin. Un dernier combat, un défi de Didier Bourgeois, à qui je vais infliger un KO aux jambes, avec mes redoutables low-kick. KO au premier round, et un mois d'interruption de travail, un présage pour les battes.

L'année 1993, on me propose un France-Russie au Palais des Sports Maurice Thorez de Vitry. J'ai un petit mois pour me préparer. Je prépare ce combat avec mon entraineur, Claude Luteau, et toujours mon ami Patrick, en sparring, c'est le seul des combats que je prépare, sachant vraiment que je vais perdre, la motivation est toujours là, mais la peur s'est installée, mauvaise compagne qui s'accroche à vous, à vous faire douter. Je ne dis rien à personne, je sais déjà que c'est fini, que je suis arrivé au bout du chemin sachant que bien d'autres se sont mentis, jamais peur de rien.

Le jour du combat arrive, je suis emmené dans un petit vestiaire du Palais des Sports de Vitry. Autour de moi, Flavine, boxeur professionnel, et amis, Jean François, Patrick et Claude.

Les heures défilent inlassablement, le visage enduit de vaseline, le corps enduit d'huile de boxe Thaï, tous ses visages autour de moi, aucun ne me rassure. Je cherche une fenêtre, une issue pour fuir cet endroit. Un officiel rentre et me dit « votre adversaire a une tension trop élevée, le combat risque d'être annulé ». Je reste froid, mais au fond de moi, une délivrance de courte durée, un miracle est arrivé, la tension est redescendue. Dans cinq minutes je boxe. On vient me chercher, j'avance doucement entouré de Flavine, Claude, Jean François et Patrick.

Les hymnes nationaux retentissent, d'abord celui de la Russie, ensuite l'hymne de la France. Dernières consignes de l'arbitre, chacun retourne dans son coin. On prend le centre du ring, le combat commence. Echange de low-kicks, de coups de poings, je tente un coup de pied, je saute au corps et en guise de contre, je prends un crochet gauche à la mâchoire, je fais l'ascenseur, et je ne me souviens de rien jusqu'au vestiaire, juste une petite phrase fumante d'un petit cousin : la honte pour la famille ; sachant que des années avant, sur une embrouille, il a laissé un autre cousin face à dix mecs, que les baltringues se reconnaissent.

Il me faudra beaucoup de temps pour récupérer, surtout le trou de mémoire, et surtout, je ferme la page de mes combats.

Je n'ai pas la plus belle des carrières, mais honnêtement, j'ai fait ce que j'ai pu et à ma décharge, je n'ai eu aucune facilité. J'ai fait cinq stages en Thaïlande, pays magnifique, tant culturel que sportif, aux paysages et aux plages tellement nombreuses et différentes à la fois.

D'abord à Bangkok, ville bruyante, polluée, avec des tuk-tuk, petits moyens de transports à trois roues, peu onéreux où l'on peut monter à trois et traverser la ville de part en part, coupant la route aux voitures, aux autocars et à d'autres mobylettes.

Nous sommes au centre de Bangkok. L'hôtel est beau, piscine sur le toit, première journée récupération et recherche de nombreux camps d'entrainements.

Le deuxième jour correspond au début des entrainements, avec mon équipe et moi, le campement sur la rue avec des jeunes de Vitry et Ivry, on a réussi à jumeler ce projet sur deux villes, et deux sections différentes, où j'entraine dans les deux.

Tous les matins, direction le camp d'entrainement : saut à la corde, travail aux frappes aux pieds, dix coups de pieds par jambe, techniques de genoux, de coudes, et projections. L'apprentissage se passe bien, les entraineurs thaïlandais sont à l'écoute malgré la barrière de la langue, par des gestes et des regards, on arrive à échanger.

Le soir, visite de la ville. Le marché de nuit est formidable et varié : fruits, légumes, et toutes sortes d'étalages : vêtements de marque, mais aussi shorts de boxe, gants et peignoirs.

Il fait très chaud et humide, les nuits sont difficiles pour trouver le sommeil.

Une anecdote : on va se faire masser, massage traditionnel, que d'ailleurs j'apprécie peu après l'entrainement car trop de douleurs musculaires. Mon ami Toto et moi, on est allongés sur une table de massage, chacun à côté de l'autre. Une masseuse montre du doigt Toto, et appelle ses copines. Elles ont vu que mon ami n'avait pas de dents de devant. On éclate de rire avec les masseuses.

Après plusieurs jours, on décide de prendre le train et d'aller à Pattaya, à la campagne, pour que l'entrainement se passe loin de la pollution et aussi car chaque camp a sa spécialité : il y en a les c'est les coudes et d'autres, les genoux.

On s'entraine au côté du champion de Thaïlande, DJEPITACK, champion du Lumpini, il vient de gagner la ceinture, et tellement il est humble, dès le lendemain, il s'entraine avec nous, il dort au-dessus du camp ; chaque jour est une richesse d'apprentissage, une soif d'apprendre.

On se retrouve en ville, c'est la fête de l'eau, les Thaïs vous mettent du talc sur la tête et de l'eau, jolie tradition que l'on partage avec eux. Le sol est glissant, il faut être prudent, on en profite pour viser quelques gros porcs aux bras de très jeunes Thaïs, qui se réfugient dans les bars. Je déteste ce touriste sexuel, et les combats d'enfants, tout juste âgés de 7 ans qui combattent pour nourrir leur famille.

J'aime partager les repas avec le peuple, ils sont généreux, et j'adore, leur cuisine épicée, mélangeant fruits, légumes et viandes. Je donne aux enfants des petits objets ramenés de France.

Plusieurs de mes élèves, dont le chef du camp d'entrainement, a trouver de bons niveaux qui combattront dans un bar, à Pattaya, en soirée. Autour d'eux, quelques paris. Le premier de mes combattants s'appelle Steeve Fournier, il gagne par KO au premier round : coup de genoux au corps. Le deuxième, Ouarab Hocine, perd aux points, mais quel beau combat. Le troisième, Ramdani Youssef, gagne aux points. Belle soirée, et que de beaux souvenirs pour mes élèves et moi.

J'obtiendrai mon diplôme d'entraineur de boxe Thai en Thaïlande. Être reconnu là-bas est un honneur et une fierté pour moi.

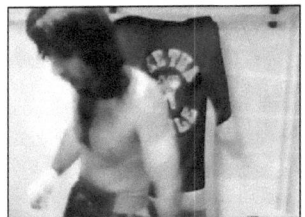 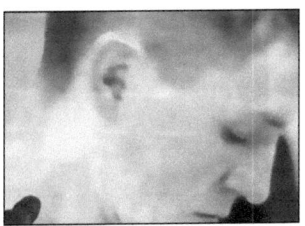

VII

Je m'entraine tous les mardis matin sur le temps du boulot. Au moins, la ratp m'a donné ça, ou plutôt, je lui ai pris ce petit avantage. Mon travail d'afficheurs me permet de gérer mon temps.

Christian et moi, tous les mardis matin de 8 heures à 9 heures, allons-nous entrainer à la salle Pierre Calais à Ivry : saut à la corde, sac de frappe assez lourd, patte d'ours et quelques rounds de sparring.

C'est sur le chemin du retour, d'Ivry a la défense, que l'idée me vient :

« Christian, si on faisait de la casse de batte ? »

Il me répond d'un ton effrayé et après un moment de silence : « Ok Mimil, on va essayer ».

Je demande à un ami tourneur aux ateliers de la porte d'Italie, de me fabriquer un petit appareil en ferraille : deux barres de fer parallèles et deux trous pour glisser les battes.

L'appareil de battes fabriqué, je m'empresse de vouloir l'essayer. Le lundi d'après, à la suite de mon cours, mes amis se mettent en place : Christian, Jacquy, Éric et mon filleul Bruno.

Je prends de l'élan, très concentré, et ma première casse est un succès. La batte est brisée de part en part sous le regard de mes amis admiratifs.

Je rentre chez moi, euphorique et joyeux. J'ai rejoint le Panthéon des champions, le hollandais Rob Kaman qui cassait une batte de temps en temps.

Après cet épisode de réussite, toutes les semaines, Christian et moi, on achète deux battes, une pour lui et une moi. Le plus souvent, c'est moi qui casse les deux, car lui se fait mal.

Souvent, je me blesse et dépité, je rentre chez moi : pommade Voltarène, compresse d'alcool, et sac de glace. Mon mental, ma conviction, mon envie, sont toujours-là. Je fais une casse une fois par semaine et j'obtiens de bons résultats une fois sur deux.

Jusqu'au jour où mon appareil est soudé dans le béton du mur du petit pavillon dans le garage, cette fois, mes casses sont régulières et plus besoin du maintien de mes amis.

Durant presque un an je m'entraîne. C'est un gros budget, je n'ai pas de sponsors, les battes sont chères. Je décide de savoir qui détient le record donc j'achète un Guinness Book des records, et je découvre le nom du champion : Stéphane Asnières détient le record, il a cassé 21 battes en 32 coups.

Je décide de battre ce record ; je m'entraîne très sérieusement avec Jacquy, Jaco, Éric, Christian et mon entraineur Claude Luteau.

Des mois passent, et le jour de ma tentative arrive, le 15 octobre 1998, dans le garage de Vitry sur Seine. Mon appareil en place, Christian passera les battes à Jacquo et Éric prendra le chrono. Mes bandages durs, faits par Claude, sont prêts, quelques séances de pattes d'ours pour m'échauffer et je suis prêt.

Je casserai 21 battes en 24 coups et 28 secondes, filmé par mon ami Michel Goulain, supervisé par Philippe et André, assermentés dans leurs métiers d'agent de contrôle RATP. Je bats donc Stéphane Asnières à plate couture, une belle victoire. Mon premier record sera homologué six mois après, je reçois un courrier du Guinness, et je suis le nouveau champion du monde de casse de battes. Je suis fière d'être reconnu dans cette discipline insolite, atypique, et très dur.

Casser une batte, se préparer mentalement contre la douleur au moment de l'impact, le corps et l'esprit ne font qu'un, le tibia est juste l'outil, renforcé par les muscles de la jambe. Il m'a fallu deux bonnes années pour faire des casses nettes à tout niveau de la batte.

Mon analyse personnelle me dit que l'on a tous des qualités différentes, que l'on ignore. J'ai développé celle-ci avec beaucoup de travail et d'acharnement, pour autant, je ne suis pas un maitre et je n'en connais aucun, car la maitrise totale du corps et de l'esprit, chez un être humain, n'existe pas. Nous avons tous des qualités et des défauts, et cela devient dangereux que certains enseignants d'art martiaux se pensent maître, sachant qu'ils ne maitrisent qu'une partie de leur technique et de leur mental. Pour moi, un maitre c'est plutôt un être spirituel qui partage sa vie à aider les autres en toute modestie : il partage le pain aux pauvres, ou il va les soigner jusqu'à sa mort.

Le casseur de battes bat son record

VITRY, LE 24 NOVEMBRE. Emile Leleidier, agent RATP installé à Vitry, vient de tenter de battre sa propre performance mondiale inscrite dans le livre Guiness des records, et, en théorie déjà, y est parvenu. Alors que dans son précédent record du monde, en janvier 1999, il avait cassé 21 battes en 28 secondes et 24 coups de... tibia nu, cette fois-ci, il en a pulvérisé 23 en un peu plus de 20 secondes. Dans son garage de Vitry, Emile, 42 ans, prof de boxe américaine, champion de boxe thaï, française, anglaise... a réuni famille et amis. Aux murs, des photos de boxeurs, des battes de base-ball brisées, des accessoires bouddhistes, des articles de journaux. Par terre, 24 battes parfaitement alignées. « Le plus dur, explique ce champion multimédaillé, c'est la concentration. Ensuite, il y a la douleur à surmonter ». A 15 h 10, Emile donne le signal du départ. Deux caméras vidéo vont figer l'exploit. La première batte éclate sous le coup puissant et précis de tibia. « A la sixième, j'ai commencé à sentir la douleur », reconnaîtra Emile. Au fil des battes cassées, son visage se contracte. Vingt secondes et 62 centièmes plus tard, 23 battes ont explosé. Reste à faire authentifier la performance.

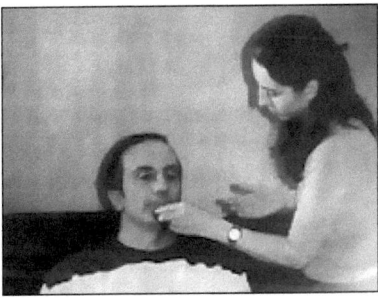

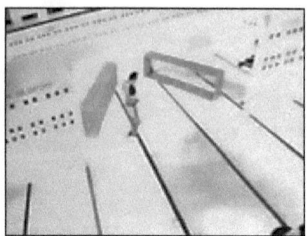

Le Parisien

Le casseur de battes bat son record à Ivry

Le 10 février 2003 à 00h00

TRENTE-DEUX battes de base-ball brisées en trente-deux secondes ! La performance présente peu d'intérêt, mais il s'agit quand même d'un record du monde.

Le cinquième battu par Emile Lelaidier, 45 ans. Ce professeur de boxe thaïe s'est spécialisé dans cette discipline incongrue : la destruction de battes... à coups de tibia. Samedi, soutenu

par ses élèves de boxe et un large public venu assister à sa performance, il a réédité l'exploit dans le gymnase des Epinettes.
« Je suis content d'avoir battu ce record à Ivry, d'où je suis originaire »,

commente Emile Lelaidier, déjà inscrit au « Livre Guinness des records 2003 »

Pour sa précédente performance. « Cela fait cinq ans maintenant que je me suis attaqué à ce record. La dernière fois, j'avais cassé trente battes de trente coups de tibia en trente secondes. » Jusqu'où ira-t-il ?

Le record « à battes » d'Émile

Entraîneur de boxe thaïlandaise, Émile Lelaidier a commencé par battre des hommes avant de s'attaquer à des battes de base-ball. Depuis 6 ans, il détient le record du monde de casse de batte de baseball. Incroyable mais vrai.

« Je connais un agent inscrit dans le livre Guiness des records. » « Ah oui ? Pour quel record ? » « Le record de casse de batte de baseball. » « Quoi ? On saura qui peut pousser quelqu'un à casser des battes de baseball ? Pourquoi des battes ? Pourquoi les casser ? Donne-moi ses coordonnées, ça m'intrigue. »

La curiosité a appelé Émile Lelaidier. Au bout du fil, il confirme. Il va rendez-vous dans une salle de sport, à Ivry-sur-Seine. Les murs sont tapissés d'affiches de sportifs virils aux corps tatoués et/ou huilés, moulés dans des textiles brillants. Le voilà. Bien que mais pas très grand. Looké comme un « djeun », l'homme, proche de la cinquantaine, est avenant, sympathique. Son doux prénom - Émile - tranche avec son apparence. Dans cette salle, il est chez lui. Émile Lelaidier est entraîneur de boxe thaï depuis 20 ans. Spécialiste Muay Thaï et Pancrace. Son palmarès est impressionnant : ex-champion de France pro « à Nice, en 1992 », Émile Lelaidier a aussi « fait France-Ràtatti » et « formé dix-sept champions de France de boxe thaï et de kickboxing », entre autres faits d'arme. La boxe Thaï, qui était à l'origine d'un moyen pour cet enfant sans père de grandir avec des repères masculins, est devenue une passion. « Quand je donne des cours, je n'appelle Mäîtes, mais je n'ai pas atteint la perfection, je suis plein de défauts », glisse-t-il. Lucide.

Attaquer la matière

Après avoir enchaîné les petits boulots « dans la sécurité, notamment au cinéma Paramount », Émile a misé sur « la sécurité de l'emploi » en entrant à la RATP en 1985. Il a commencé comme ouvrier spécialisé aux ateliers Met de la Porte d'Italie pour intégrer ensuite l'affichage sur le RER A. Pas le GPSR. « J'avais postulé mais le psychologue m'a trouvé trop sociable pour le job. C'est pas plus mal, l'aspect répressif ne m'intéresse pas », balaye-t-il. Un jour, il tombe sur une cassette vidéo montrant un homme en train de casser des battes de baseball. Émile Lelaidier affirme que c'est sa famille qui lui a donné l'idée d'essayer de « battre ces garçons ». « J'ai pensé : je vais m'attaquer à la matière, c'est plus mon état d'esprit que de mettre des coups à quelqu'un ». Les copains de Choisy lui ont construit un appareil permettant de maintenir la batte pendant qu'il la brise à coups de tibia. Il accepte volontiers de faire une démonstration. Revêt une tenue de sport. Installe la batte encore emballée. Ne prend pas d'élan « - je me suis encore amoché... ».

> ## « L'aspect répressif ne m'intéresse pas. »

... et shoote. Voilà : l'objet en bois est détruit. Il est capable d'en démolir trente-six à la suite, comme ça. Le record est homologué, attestation d'huissier faisant foi, inchangé depuis six ans. « Un

Allemand a voulu s'y mettre mais il s'est fait une fracture du tibia. Il faut avoir le moral », explique Émile. Sur l'air de ses engins à tenir les battes, brise un petit bouddha, symbole de sa « philosophie », et cher au « peuple thaïlandais » auquel il a « sacrifié un record ».

Émile Lelaidier pourrait aller jusqu'à casser cinquante battes à la suite mais il vit « vraiment pour la famille ». Dit que c'est le hasard... Tu, a amené à ne dépasser de cette façon. « J'aurais préféré sauver la vie de quelqu'un », précise-t-il. Malin non.

[Vignece-Cassimer]

Émile Lelaidier, champion de boxe thaï et... briseur de battes.

VIII

Mon deuxième record en octobre 1999, je veux juste confirmer pour voir si c'était de la chance, ou si j'avais le début d'un réel talent.

Tous les mardis, je casse une batte avec succès, en compagnie de mon partenaire Christian ; je convoque mes amis pour leur expliquer mon intention de battre mon propre record.

Mon filleul me dit : « Tu as raison parrain, tu es le meilleur, on est fier de toi et surtout on est convaincu de ta réussite ».

Je leur réponds : « Je savais que je pouvais compter sur vous ».

Devant tant d'encouragement, le 15 octobre 1999, en début d'après-midi, en présence de mon entraineur Claude, de deux personnes assermentées, je casse 24 battes, en 24 coups et 24 secondes, et j'obtiens mon second record homologué.

Mon entraineur, Claude, est sûr que ce n'est pas fini.

La naissance de mon fils, Melvin, le 19 Septembre 2000, va bouleverser ma vie, et je serais approché par l'émission E=M6 avec pour thème la résistance à la douleur.

Une journaliste de l'émission se déplace à Vitry dans mon petit garage, sa première question est : « Comment faites-vous mentalement, Monsieur Lelaidier ? »

Je lui répond : « Je fais le vide pour que mon corps et mon esprit ne fasse qu'un ».

« Qu'elle est votre préparation physique ? »

Je lui dis : « Celle d'un boxeur : corde à sauter, sac et pao ».

Elle me pose la question : « Comment en êtes-vous arrivé là ? »

« Un pari avec l'un de mes élèves, je pense qu'il est plus facile pour moi de casser des battes que de boxer, car je ne fais de mal à personne ».

Elle me répond : « C'est en quelque sorte une bataille contre vous-même ? »

Je lui répond : « Oui Madame, je crois que toute ma vie je me suis battu contre moi-même ».

Elle me pose la question suivante : « Vous pouvez me faire une démonstration ? »

Sans échauffement, je me lève puis je casse quatre battes une par une, et la journaliste me demande si je ne souffre pas.

Je réponds : « Non Madame, car dès le début de votre interview je me concentrais déjà, car je savais qu'il me faudrait la manière de faire ».

Elle vient toucher ma jambe, se lève et me remercie. J'aurais le plaisir de voir l'émission à la télé, expliquant ce que les gens comme moi développe dans le cerveau, comme une force, une protection, une énergie positive, sachant qu'un être humain est muni sans le savoir d'un potentiel physique et mental.

Les émissions de télé s'enchainent, quelques images furtives de ma prestation sur Canal+, avec les commentaires d'Alexandre Devoise, pointant du regard l'endroit où je casse, et le critiquant, saluant quand même ma performance.

Je suis appelé à la nouvelle émission de Cyril Hanouna et de Julie Raynaud, qui s'intitule « Tous au club », en présence du patineur Candeloro et de la chanteuse Princesse Erika.

J'arrive sur le plateau de télé, piscine aménagée pour l'émission, je m'assois en face d'eux, un peu intimidé, et surtout serré dans mon jean car j'ai gardé mon short de boxe en dessous.

Les questions fusent, Princesse Erika s'adresse à moi :
« Vous êtes un artiste ? »

Je lui répond : « Oui, un artiste martial ».

Candeloro me pose la question suivante : « Tu es dans le sport ? Je te vois préparateur physique ».

Cyril Hanouna et Julie Raynaud vont les mettre sur la voie de la solution en mettant l'hypothèse que je me sers de bois. Candeloro dit alors :

« Combat de bâton, ou autre ? »

Ma réponse est : « Non, je ne me sers ni de bâton, ni de canne ».

Princesse Erika dit alors : « Vous cassez du petit bois ? »

Ma réponse tombe en même temps que le temps écoulé, et l'intervention de Cyril Hanouna qui leur dit qu'ils ont perdu.

Cyril Hanouna me dit : « Que fais-tu alors ? »

Je lui réponds : « Je casse des battes avec le tibia, je suis champion du monde ».

Julie Raynaud me demande : « Est-ce que vous pouvez nous faire une démonstration ? »

Je lui réponds : « Bien sur ».

J'enlève mon jean et mon blouson, je me retrouve en feu de boxe, je me mets en place et je casse dix battes de baseball sous le regard impressionné de Philippe Candeloro et de Princesse Erika.

Avec son humour et sa gentillesse, Cyril Hanouna s'approche et récupère une batte cassée, et se frappe sur le tibia en disant :

« C'est très dur ».

Julie Raynaud s'assure que je vais bien. Les applaudissements du public fusent après mes dix battes cassées. A la sortie du studio, je croise Philippe Candeloro qui me félicite en me disant :

« Bravo, Emile, pour ce que tu fais ».

La journée se termine avec humour, rigolade et mes amis de toujours : Jacquy et mon filleul Bruno Martin.

L'année 2001, mon fils a déjà 1 an, il m'apporte tellement de bonheur, de force et d'énergie ... Bien sûr, je suis un père comblé de trois enfants. Aurélie, dit « Lili » mon ainée, belle à croquer, rebelle et énergique, une grande sportive qui a combattue pour moi, et qui a des abdos en béton. Shirley, ma petite dit « Louloune », jolie, brune aux yeux verts, un ange de douceur et d'amour. Mon dernier, Melvin, dit « Michtoucke », petit garçon, gentil et bienveillant, toujours un regard admiratif sur moi, qui me suit dans mes entraînements.

Je décide de casser trois battes en même temps, pour mes trois enfants, je les nomme Aurélie, Shirley et Melvin. La préparation est la même : cardio, boxe et saut à la corde.

Dans un vieux garage de Vitry sur Seine, avec comme témoin assermenté et ami, Philippe Mazzella et André Hebert, mon chef de service, j'attache les trois battes en même temps, et d'un seul coup de tibia, je les casse. Mon record sera homologué, et je le dédicacerai à mes trois enfants en guise de tout l'amour que je porte pour eux.

Le Palacio, le 22 février 2002 à 2 heures du matin, je vais casser 30 battes, 30 coups et en 30 secondes. J'attends dans le vestiaire en compagnie de mon entraîneur Claude Luteau, ma compagne Karine VERNOY, mon cousin kiné qui me masse Patrice Sorentino, et mon ami Krim Hamiteche, champion du monde de kickboxing. Les videurs viennent me chercher, ma musique du pride retentit, mon appareil est en place, les danseurs s'arrêtent à mon arrivée. J'ai l'impression d'être un intru, l'endroit est si insolite, et le challenge tellement important. Mon entraîneur me dit « Mimil, on y va ? »

Je lui répond : « Claude, je suis prêt ».

Je casse les battes les unes derrière les autres, sans trop de difficultés. Trente battes, trente coups, en trente secondes. Le public m'applaudit, ma compagne m'offre des fleurs, je retourne au vestiaire, la pression redescend et je reste champion. J'aime me remettre en question dans des endroits différents. Arrivé au vestiaire, Claude me dit : « Bravo Mimil », je le remercie de sa présence et de son soutien.

Invité dans l'émission de radio « Arthur et les pirates : 33 heures chrono », j'arrive tôt le matin sur les Champs Élysées, j'installe mon appareil au milieu des fils électriques. Quelques jours avant, je cherchais un sponsor pour mes battes de baseball, on m'a répondu non car Arthur a mauvaise réputation. Je continue à chercher avec persévérance, et je trouve une boite de sécurité pour laquelle j'avais fait des vacations à Bercy, la société Olips. Devant moi défile les artistes : Gad ELMALEH, JEAN PASCAL, Christophe DECHAVANNE. Je suis enfin appelé, je fais ma démonstration dans une petite forme, et je dois m'y reprendre à plusieurs fois pour casser les battes. Arthur dit : « Alors, il va finir par casser ? », d'un ton arrogant. Je finis par les casser malgré les fils électriques et le peu d'espace. Les danseuses du ventre se remettent en place, la régisseuse réclame à Arthur le défraiement concernant les battes et le déplacement. Il regarde au plafond, je n'obtiendrais rien, même pas un tee-shirt pour mon fils, et les 150 euros ne me seront jamais payés. J'estime que ce sont des gens comme moi, avec différents talents qui font ces émissions, lui n'ayant pas de talent, et en plus de ne pas payer ceux qui animent.

Arthur pour moi, reste une carrière de guignol, sans respect ! Je vous salue bien, Monsieur Arthur.

Je suis convoqué à l'Olympia en 2004, pour faire une démonstration avec des artistes connus, comme des chanteurs et chanteuses, mais également avec des artistes martiaux. C'est une émission de TF1 qui me convoque suite à mes nombreux records. Je suis tellement heureux et fier, c'est une vraie reconnaissance, c'est une salle mythique ou tellement d'artiste ont défilés.

Le jour J, j'arrive devant l'Olympia, j'ai du mal à joindre la régisseuse. Quand enfin j'obtiens une réponse, c'est pour me dire qu'elle n'a pas trouvé de battes.

Je lui réponds : « Je suis devant la porte avec ma famille et mon appareil, je veux rentrer ». Elle viendra me chercher, désolée et dépitée, en m'expliquant qu'elle n'a pas trouvé de battes, mais je serais quand même invité à l'émission.

Le spectacle commence, les numéros s'enchainent, et mon remplaçant arrive enfin, habillé en kimono, assez gros, il se concentre devant un bloc de béton, et du bout du pied, il va fracturer le bloc sans élan. Bonjour les mythos. Les gens me regardent, ils m'ont vu sur internet, ils comprennent la supercherie. Des gens comme ça desservent tout le travail qu'eux n'ont pas accomplie. Je repars énervé car je n'ai pas pu montrer mon art et mon savoir-faire.

J'ai également participé à de nombreuses émissions de Galaxie Berbère de télé, qui m'a toujours mis en valeur, et tout le temps déplacé sur mes records, un homme de cœur, d'écoute, de respect et de savoir-faire. Merci Farid.

Gymnase des Epinettes, le 10 février 2003 à Ivry sur Seine, mon objectif est de casser 32 battes en 32 secondes et en 32 coups.

J'arrive au gymnase en avance, comme à mon habitude avec mon entraineur Claude, et on me présente un psychologue sportif, qui soi-disant fait monter l'énergie. Un peu voyant, un peu guérisseur, il me parle doucement, me dit :

« Emile, tu sens l'énergie monter ? »

Je lui réponds incrédule : « Non, vraiment rien ».

Lui insiste et me dit : « Je la sens, elle monte en toi ».

Je garde la tête lucide, je lui demande d'arrêter et lui dis que je n'ai jamais cru en ce genre de pratique, que je me connais trop, et que je préfère être auprès de mes amis et de mon entraineur. Ce médium s'en ira en refermant la porte.

Mes élèves commencent quelques assauts de boxe thaï, sous le son de la musique de Ramuay. Les démonstrations se terminent et je commence enfin ma tentative de record. Je casse 32 battes en 32 secondes. Après cette expérience, je sais qu'il me faut toujours garder le même entourage, et ne pas faire entrer dans mon vestiaire de nouvelles personnes.

Je détiens cinq records homologués, je devais juste récupérer un trophée déjà bien mérité, mais on me propose une prestation au pied levé. Je suis un homme de défi, bien sûr, j'accepte. Une carricature d'arbitre anglais se pointe devant moi, je ne comprends rien à ce qu'il dit, il me faut un traducteur. Je demande, et une femme traduit la conversation. On m'emmène dans un entrepôt, et on me présente un appareil où je ne peux pas mettre les battes en place. Les régisseurs proposent de le limer pour que les battes puissent rentrer, c'est ce qui sera fait. L'anglais s'approche de moi et me demande de casser les battes dans le sens inverse. Je lui dis non, tout le monde casse dans le même sens et je suis champion du monde. Je rentre sur le plateau de l'émission des records, les prestations défilent devant moi, et on passe une vidéo de moi. L'anglais refuse de me donner mon trophée, l'humoriste Michel Leeb, insiste en disant que je suis le champion. Je repartirais en guise de remerciement avec 150 euros de bons Fnac et très énervé de leur mauvaise fois, sachant que je détiens les records.

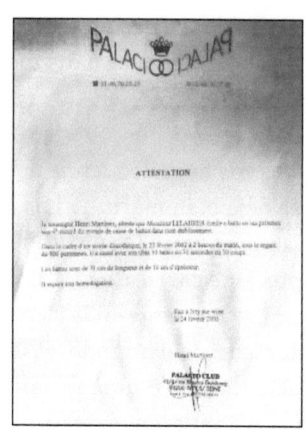

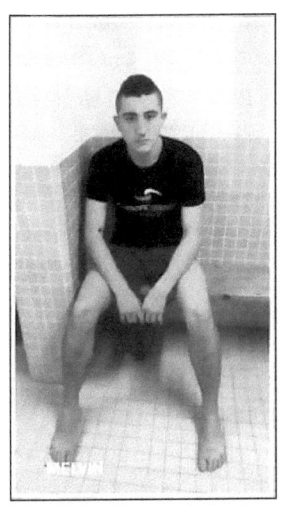

MELVIN

AURELIE

SHIRLEY

Le 27 juin 2008, au gymnase Boniface à Villejuif, je vais casser 50 battes en 50 coups et 50 secondes. Mon ami Pascal Arène me prépare, il m'apaise par ses silences, son savoir-faire, son expérience, et il a toujours les mots justes pour stimuler les boxeurs, il me dit :

« Mimil, je te strappe les chevilles ? »

Je lui réponds : « Oui, Pascal. Peux-tu aussi me faire des bandages durs pour les mains ? »

Il me dit : « Pas de problème ».

Il me strappe les chevilles avec soins et précision, tandis que pour les mains, il me fera de gros bandages durs.

Il me dit ensuite : « Mimil on y va ».

Je le suis jusqu'à l'enceinte du gymnase. Pascal se place du côté gauche de l'appareil, Yannick et Papi de l'autre côté. Je commence ma prestation sous les applaudissements du public ; je casserai 50 battes en 50 coups et 50 secondes. J'obtiendrais un nouveau record.

Le maire de Villejuif et son assistante, la responsable aux sports, me remettront ma ceinture de champion du monde de casse de battes. De retour au vestiaire, Pascal m'enlève mes straps, et me met un peu de bombe de froid ; on échange un regard complice, la mission est accomplie.

Novembre 2016, l'émission « C'est mon choix » me contacte, avec pour thème des records insolites, présenté par Evelyne THOMAS, avec l'invité Taïg KHRIS.

On est convoqué à la Plaine Saint-Denis, un régisseur vient me chercher et je suis emmené à ma loge, que je vais partager avec un champion d'équilibre en vélo. Dans le thème de l'émission, le champion Taïg Khris, doit nous attribuer un fauteuil correspondant à notre record : il y a un mangeur de boudins, une championne de kata artistique, un champion d'équilibre en vélo et un sculpteur de légumes.

On est tous en civile devant le champion Taïg Khris qui doit nous placer sur un fauteuil en imaginant ce qui nous corresponds. Il m'attribue celui du sculpteur de légumes, ce qui me fait rire, à ma place se trouve le champion de vélo. Seul le mangeur de boudins et la championne de kata seront à la bonne place. On repart chacun au vestiaire, et on se met dans notre tenue de sport. On attend dix minutes et on vient nous chercher. Le champion Taïg Khris a compris son erreur en me voyant, je lui dis : « Je sculpte des battes avec mon tibia ».

Evelyne Thomas appelle chacun des artistes à faire son record. Je casse dix battes de baseball et obtient un nouveau record. Le champion Taïg Khris me félicite, ainsi qu'Evelyne Thomas. Le champion de vélo réussi son record, le mangeur de boudin échoue, la championne de kata réussi. Je dédie ce record à mon ami Thierry Madeland, clown dans les hôpitaux pour les enfants malades, et j'ai une pensée pour ma mère et pour mon ami Franck Teiss.

« Bienvenue chez Cauet », je suis invité à son émission, je suis l'invité surprise. Je dois attendre derrière une porte. Cauet dit : « Qui est là ? »

Je dis : « C'est Emile ».

Cauet répond : « Tu peux entrer ».

Je suis déjà en tenue de sport : short de MMA et tee-shirt. Devant moi, plusieurs personnes : l'animateur Jean Pierre Foucault, l'humoriste Anthony Kavanagh, le chanteur Jean Luc Lahaye, la chanteuse Zaho ainsi qu'une actrice américaine.

Anthony Kavanagh me dit : « Tu es préparateur physique ? »

Je lui réponds que non.

« Tu fais ou enseigne le MMA ? »

Je lui dis : « Oui ».

Sébastien Dauert s'approche de moi et me dit : « Tu fais quoi dans la vie Mimil ? »

Je lui dis : « Agent RATP ».

Il me dit en rigolant : « Contrôleur ? »

Je reprends : « Pas du tout, je suis sur le toit des trains à renier et à nettoyer ».

« C'est dur ».

On rigole ensemble et il me dit avec humour : « Tu pourrais être patron de bistrot ».

Je lui dis : « Pourquoi pas ».

Jean Pierre Foucault me dit : « Tu es dans le sport ? Vu ta corpulence et tes jambes ».

Je lui dis : « Oui, depuis des années ».

La chanteuse Zaho me demande : « Tu es compétiteur ? »

« Je l'ai été, mais je fais autre chose ».

Cauet intervient et me dis : « Mimil que fais-tu ? »

Je lui dis : « Je casse des battes ».

Il me demande : « Tu peux nous montrer ? »

Mes élèves sont en place autour de l'appareil. Je casse dix battes sans échauffement et les invités m'applaudissent. Cauet prend une des battes cassées et se frotte le tibia en disant « en effet, c'est trop dur » et simule une douleur. Ma prestation terminée, je croise la chanteuse Natasha Saint-Pierre avec qui je fais une photo, ainsi qu'avec Thomas Dutronc, Jean Luc Lahaye et la chanteuse Zaho. J'attendrais que Cauet sorte du tournage pour faire une photo avec lui. Je garde un très bon souvenir de cette émission en compagnie de mon fils Melvin, mon filleul Bruno Martin et de mon ami Jacky. On partagera un repas avec Cauet en rigolant. Je retourne au vestiaire, la régisseuse viendra dans ma loge pour me rembourser les battes, je remercie encore Monsieur Cauet.

Les 103 battes cassées :

Nous sommes le 2 juin 2012, dans le château de la RATP, à Fontenay les Bris. C'est la fête de fin d'année, mon ami Florent Guillon, responsable du pôle contact à l'USMT, a organisé ma prestation au profit des orphelins de la RATP. Il fait très chaud, la journaliste du Parisien s'approche de moi, et me dit : « C'est énorme de casser 103 battes ».

Je lui réponds : « Oui, mais c'est pour une bonne cause : les orphelins de la RATP ».

Elle me dit : « C'est un sacré challenge ».

Je lui dis : « C'est une bataille contre moi-même ».

« Vous vous mettez en danger ».

« Non, mon énergie est positive ».

Mon appareil est installé sous une tente. Personne ne m'attend. Il y a quelques démonstration, de mon fils Melvin, et d'autres élèves.

La musique retentit, je me concentre, j'irai au bout de moi-même. Je vais casser, sous les yeux des agents RATP, 103 battes de baseball. Mon appareil est maintenu par mes amis, Polo Locko, Jacquy Martin, mon filleul Bruno Martin, et mon fils Melvin qui place les battes.

A la troisième batte, je me blesse, mon pied reste coincé. Le mental est présent dans la souffrance, je me suis dépassé, seule la voix de mon ami Florent, qui me dit « Emile, on est à 100 », comme si j'étais possédé ou en transe. Je n'entends pas, j'irai à 103, et je deviendrai l'homme qui a cassé le plus de battes au monde. Le public m'applaudit, étonné et très surpris, de la fin de ma prestation. Je me retrouve sur une chaise, près de moi ma compagne, Karine et sa mère, Baha Louisa, malgré qu'elle soit aveugle, elle me soutient de sa présence. Je finis à l'hôpital Mondor, ma jambe est gonflé mais rien de cassé. Les médecins en concluront que j'ai une grosse densité osseuse, comme un double tibia, un gros calcium, et sur mon dossier ils mettront : 103 battes cassées.

19 septembre 2000, jour de naissance de mon fils Melvin. Dans ma tête, ma seule préoccupation est de lui faire un joli cadeau, par cette journée d'été où il fait encore très chaud. Je suis convoqué à l'hôpital Salpêtrière de Paris suite à une grosseur dans le cou dont mon ORL pense à une soi-disant maladie orpheline.

Il est 14 heures, je me gare devant l'hôpital, pas du tout inquiet et pressé d'en finir, l'anniversaire de mon fils me préoccupe beaucoup plus. Je passe le hall d'entrée, vêtu d'un short et d'une petite veste légère. Je m'assois dans une minuscule salle d'attente où l'on viendra me chercher très vite :

« Monsieur LELAIDIER ».

Je réponds : « Oui, c'est moi ».

Je rentre dans un vaste bureau, face à moi, une jeune femme élégante, plutôt mince, me demande de m'asseoir. Ses yeux clairs me pénètrent et m'observent quelques minutes. Après ce court instant, elle me dit :

« Monsieur LELAIDIER, vous avez un lymphome ».

Je reste muet comme si j'absorbais un coup de marteau sur la tête, et elle rajoute qu'il y a 99 % de chance de guérison ; je ne sais pas si je dois rire ou pleurer. Elle enchaîne en me disant que je serais convoqué dans 15 jours pour la pose d'un cathéter, une sorte de petite capsule qui sera posée sous la peau pour permettre l'injection des produits de la chimiothérapie. Il m'a fallu tout encaisser, dans ma vie j'en ai eu des épreuves, mais celle-là est de taille. Après une brève poignée de main et un étrange échange de regard de ce médecin voyant la réaction que je porte due à cette nouvelle. La porte se referme et je me dirige vers mon scooter, je m'appuie sur lui comme cherchant un semblant de réconfort. Evidemment, il ne peut me donner mon joli Vespa. J'appelle ma femme, elle me rejoint dans une terrasse de café et je lui dis directement cette nouvelle qui va la glacer. Mon fils Melvin, me laisse un message en sortant de son travail :

« Papa, tu as eu les résultats de ton examen ? »
   Je lui réponds sèchement : « Oui, pas terrible ».

Il nous rejoint à la terrasse de ce fameux café. Pendant ce temps-là, j'étais encore au téléphone avec ma fille Shirley. Je raccroche avec ma fille puis timidement et tristement, je l'annonce à mon fils.

« Fiston, ton père a un lymphome, un cancer … J'aurais de la chimiothérapie à faire ».

Mon fils est brisé.
   Ma première chimio, je serais hospitalisé toute la nuit. Mes proches, ma femme, mon fils ainsi que mon neveu Racim. Je suis dans une chambre seule. Je n'ai aucune peur de ses produits que l'on va m'injecter, ça sera des

souffrances atroces puisque l'on m'injecte la mort dans les veines. La seule crainte que j'aie c'est la perte de mes cheveux. C'est surement bête et insignifiant mais je tiens tellement à mon look et à ma personnalité. Par contre, comme vous vous en douter, ma queue de cheval finira par succomber à cette chimiothérapie, mais moi, jamais je ne succomberai, je continuerai à rester fort et à assurer mes cours de boxe pour les adultes et les enfants. Ma passion est de mettre les gants, transmettre et partager mon savoir. Je continuerai mon activité malgré ses quelques moments de douleurs dû aux effets de la chimiothérapie ; les maux de ventres, les nausées et personne n'a rien vu, sauf un jour, mon bonnet est tombé en montrant une technique, un petit me pose la question :

« Mimil, où sont tes cheveux ? »

Je plonge dans ses yeux innocents, je lui dis tendrement, doucement sans trop le brusquer :

« Je suis malade, champion ».

Aujourd'hui, j'ai vaincu mon pire ennemi, un combat que j'ai encore gagné en six rounds. Six parce que j'ai eu six cures de chimiothérapie. Mon adversaire aura pris mes cheveux, un peu de ma musculation, mais la seule chose qu'il n'a pas pris c'est ma vie. Mon mental, mon énergie, sont restés présent, et mon envie de transmettre est devenue de plus en plus grande avec ce que j'ai vécu pendant cinq mois. Je suis là, et je resterai tel que je suis quoiqu'il arrive.

Pendant la période de mon cancer, une autre personne était aussi présente. Cette personne ne comporte pas la parole, mais elle trouve toujours les solutions pour me réconforter, avec ses beaux yeux bleus, son expression dans son regard est époustouflante. Elle me regarde du haut de ses quatre pattes avec son air protectrice et dominante, elle se colle à moi avec les douleurs qui persistent sans s'arrêter. Cette personne trouve le moyen de ne plus penser à mes douleurs. Là où je vais, elle trouvera le moyen de me suivre. Lorsque je pars, même avant que je ferme la porte, elle me regarde, les yeux dans les yeux, et on voit qu'elle ne veut pas que je quitte le foyer familial. Quand elle voit que je ne suis pas bien, elle se colle à moi et me lèche tout le visage. Maintenant, je suis guéri et c'est à se demander si la repousse de mes cheveux ne vient pas de cet être innocent qui me lèche sans cesse. Même lorsque je n'avais plus de cheveux, elle me léchait le crâne. Il s'agit de ma chienne Ronda LELAIDIER, ma fifille d'amour.

De Marcel Cachin, petit salle à Vitry sur Seine, trois rings sur un sol de carrelage, à la salle Pierre Galais à Ivry sur Seine, de ma rue Montorgueil à Châtelet-les-halles, de body dance à creteil, de Saint Supplice à Paris, de la Free Fight Academy à Vitry sur Seine, de Obyfight à Vitry également, j'ai formé une bonne trentaine de champion de France toutes disciplines confondues.

Le premier à citer est : Krim HAMITECHE, boxeur talentueux, avec une très belle technique. Champion de France de kick boxing, champion du monde et champion de France de boxe thai.

Le deuxième : Marcial VANDE, un bucheron, dur au mal, un gros puncheur, champion de France et d'Europe de kick boxing, et mon premier champion de France de full contact à Lyon.

Le troisième : Afif BOUHASSOUNE, deux fois champion de France de kick boxing, doté d'une belle technique de jambe.

Le quatrième : Patrick MARENGO, champion de France de boxe thaï, le petit Tyson d'Ivry, boxeur trapu frappant fort des deux poings.

Le cinquième : Christophe GUIWRACH, champion de France de kick boxing à Gisors, boxeur courageux et vaillant.

Le sixième : Gad AVERDY, champion de France de full contact, boxeur intelligent, vaillant, et très lucide.

Le septième : mon poids lourd, Karim DJENLY, champion de France de kick boxing, bel athlète, dur au mal, avec de gros low-kick.

Le huitième : Frédéric BOSCOS, champion de France de boxe thaï, boxeur talentueux, doté d'une bonne boxe anglaise.

Le neuvième : Mohamed BELKACEM, champion de France de kick boxing, petit boxeur d'Ivry, volontaire et courageux.

Le dixième : Malek AISSOU, champion de France de kick boxing à Gisors, boxeur complet, généreux et inventif.

Le onzième : Steeve FOURNIER, champion de France de kick boxing, qui a combattu et gagné en Thaïlande, boxeur lucide et intelligent.

Le douzième : Mon filleul, Bruno MARTIN, champion de France de kick boxing et de boxe thai, ayant combattu six fois dans la même journée, très technique, et très courageux.

Le treizième : Mon fils, Melvin LELAIDIER, vice-champion de France de kick boxing, et de pancrace, boxeur complet dans tous les domaines, avec un bon mental.

Le quatorzième : Younness RAMDANI, champion de France de kick boxing et de boxe thai, ayant combattu et gagné en Thaïlande, un virtuose des techniques de jambes, doté d'une grande souplesse et d'une belle technique.

Le quinzième : le formidable Yannick REINE, plusieurs fois champion du monde de kick boxing, et de K1 RULES, boxeur posé et réfléchis avec de très bonnes combinaisons pieds-poings.

Le seizième : Hocine OUARAB, champion de France de kick boxing, il combattra pour moi en Thaïlande, boxeur lucide et calme, toujours au centre du ring.

Le dix-septième : Hacene OUARAB, son frère jumeau, champion de France de boxe thai, combattant intelligent, et dur au mal.

Le dix-huitième : Kevin FALL, champion de France de boxe thai, professionnel en MMA, boxeur complet, lucide, technique et intelligent.

Le dix-neuvième : Mickael LEBOUT, combattant professionnel de MMA, UFC, et plusieurs organisations russes comme le M1, surnommé le viking, par son courage et sa vaillance.

Le vingtième : mon petit cousin Mickaël PRADITT, champion de France de kick boxing, boxeur très vif et très agressif.

La vingt et unième : Maguy ORTON, combattante professionnelle de MMA, combattante complète.

La vingt-deuxième : Jessy BERCHEY, combattante amateure de MMA, courageuse et talentueuse.

Le vingt-troisième : Chabane CHAIBEDDRA, combattant professionnel de MMA et champion de France de boxe thai, boxeur talentueux.

La vingt-quatrième : Clémence SCHREIBER, combattante professionnelle de MMA, un gros cœur, vaillante et courageuse.

Le vingt-cinquième : mon neveu, Racim BATOUCHE, champion de France de kick boxing professionnel, combattant de MMA professionnel, dur au mal, féroce et rapide, capable de mettre dix coups de poings en moins d'une minute, je sais il deviendra champion du monde.

Mes amis de la boxe anglaise de Vitry, Malek et Farid, pour tenter un record pour que les fonds soient pour construire un gymnase de boxe dans une banlieue de Cuba, je veux tenter de casser six battes à la fois. Mon ami Farid, de l'émission « Galaxie Berbère », toujours présent à mes côtés, m'attend à l'entrée du Palais des Sports de Vitry.

Il me dit : « Alors Emile, je pensais que tu arrêtais ? »

Je lui répond : « Plus fort que moi, Farid ».

La cause est noble, et je me sens encore capable de faire face à moi-même. Je suis accompagné dans un petit vestiaire du Palais des Sports en compagnie de mon ami Mathieu Nicourt, patron de la Free Fight Academy, et pionnier du MMA en France. Je commence à me strapper les chevilles en compagnie de mon fils Melvin, toujours présent à mes côtés, et de mon ami Ouadji, partenaire d'entrainement. Il est 23 heures, Malek vient me chercher : « C'est à toi Mimil ». Je lui demande si ma musique est en place, Mathieu dit à mon fils : « T'inquiète, ça va aller ». On arrive dans l'enceinte du Palais des Sports, mes élèves sont là, la famille, Bruno, Ouadji, sur les côtés de l'appareil. Je me concentre, je vais sur les battes, j'en casse cinq d'un coup, car une sortira de l'encoche, je la casserai après. Les gens m'applaudissent, étonné de ma prestation, je ne partirais jamais à Cuba, mais mon empreinte sera gravée quelque part dans un petit gymnase de boxe, pour ces petits boxeurs cubains, mon tibia a aidé à construire ce gymnase, c'est un honneur pour moi d'avoir donné un peu de moi.

PARC DU CHÂTEAU DE FONTENAY-LES-BRIIS (ESSONNE), HIER. Émile Leloidier, un agent RATP de 55 ans, a brisé 101 battes en huit avec son tibia.

« J'ai la chance de disposer d'une très bonne densité osseuse et je découvre avec joie de suivre mon exemple

Il va tenter de casser 100 battes de base-ball avec son tibia

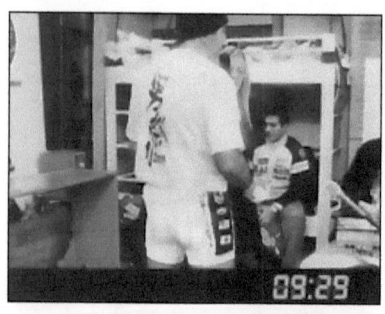

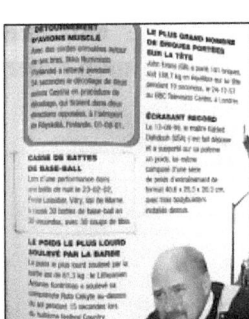

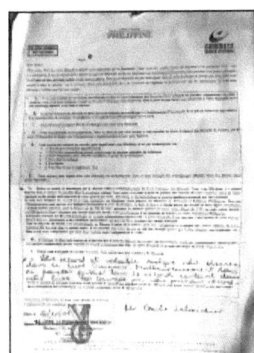

Force humaine

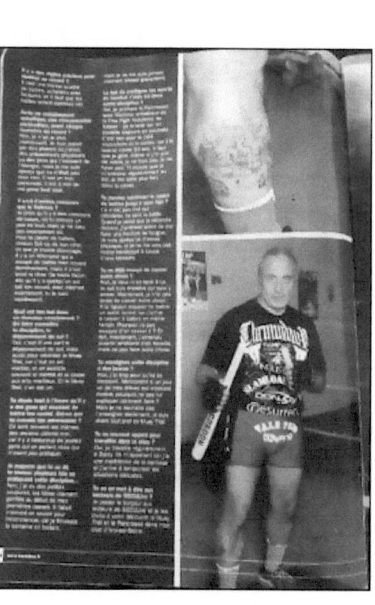

Il casse 50 battes d'affilée avec son tibia

(DR.)

E MILE LELAIDIER, entraîneur de boxe thaïe et de free-fight à l'Union sportive de Villejuif (USV), tente aujourd'hui de faire homologuer son étonnant record dans le « Guinness World Records 2009 ». Le 27 juin, au gymnase Boniface, il a cassé 50 battes de base-ball à la suite avec son tibia droit. Ce n'est pas une première pour cet homme de 51 ans, originaire d'Ivry. En 2003, il avait fracassé 32 battes en 32 secondes, et en 2000 il en a pulvérisé 23 en 20 secondes.

Je ferais quelques démonstrations de casse de battes dans des réunions de grappling et de MMA, organisées par le champion Arnaud Lepont au Palais des Sports de Vitry et dans un gymnase du 13ème. Merci, Arnaud, pour ton accueil.

Le 21 juin à Montévrain, lors d'un gala de boxe thai, où ne se produisent que des champions enfants, avec déjà une grosse expérience de combat, mon ami Eric Pfaff m'appelle pour tenter un record, accompagné de mon ami et patron d'Obyfight, Abdel Khaznadji, ou je donne des cours de MMA pour les enfants. Je me prépare au vestiaire en compagnie d'Abdel, qui me fait des bandages durs aux mains. On discute un peu, c'est un homme serein et calme, j'apprécie d'être en sa présence
Il me demande si je dois m'échauffer, je lui dis non, et il me répond que je suis comme le boxeur Kirikou Gaitan, boxeur pro d'Obyfight. On rigole ensemble, vers 20h30, ma musique retentit, j'arrive doucement, accompagné d'Abdel, de mon fils, de mon neveu Racim et de mon ami Ouadji, vêtus de la tenue offerte par mon sponsor Rinkage. Mes amis se mettent en place, je suis concentré, je fais quelques pas puis je casse dix battes de suite en moins d'une minute, et j'obtiens un nouveau record. Mes amis Sassi, Eric et les entraineurs des autres clubs me félicitent, le public aussi. C'était une belle journée.

Directement, je ne peux que lutter mentalement. La chimie et la médecine comme allié, comme si c'était les hommes de coin lors d'une compétition. Ce combat-là, il me faut le gagner c'est le combat pour la vie.

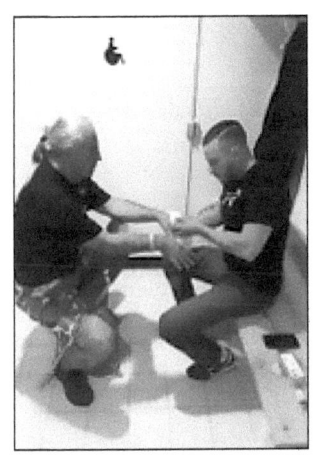

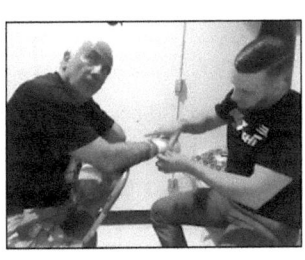

LES RACINES DE MA FORCE

Je suis parti de rien, peut être avec plus de chagrin
Que la moyenne de tous ces petits gamins.
J'étais frêle, timide et effacé
Je suis fort, intrépide et acharné
J'ai mis le doigt dans la grande délinquance
Non par innocence, mais pour me faire violence

J'ai cherché à travers les délits
Une famille, l'amitié, une fratrie
Ou chacun doit en payer le prix
Du silence, du partage, d'être un ami
Ne pas juger, mais risquer jusqu'à sa vie
Etant le fruit d'un déni de paternité

Cet enfant que l'on préfère oublier
A qui pourtant on a donné son nom et prénom
Surement pas par affection
Plutôt, la continuité d'une malédiction
Oui, j'ai boxé pour être admiré
Si souvent je suis tombé
Sur moi du sang et de la sueur à coulé

J'aurais voulu mon père pour m'essuyer
Mon visage, blessé et coupé
J'ai tout gardé en moi, même ma foi
Petit on m'a appris à me taire
Surtout aux adultes à ne pas déplaire
Maintenant à l'aube de ma vie

Chaque chose doit être dit
Car je n'attends pas le paradis
J'ai vécu toutes sortes de vies
Bien des fois j'ai été meurtrie
Plus de mille battes cassées
Et jamais vraiment blessé
Dieu m'a-t-il vraiment protégé ?
Car combien d'épreuves j'ai enduré

Combien de mots j'ai dû ravaler
Souvent, pour ne pas blesser
Maman m'a dit, aucune faiblesse ne doit être révélée
Tu dois faire preuve et assumer, avec dignité
Ce n'est pas le fruit du hasard
Si cet homme, je suis venu sur le tard
Mes racines ont été brulées à la naissance
Il m'a fallu trouver toute la puissance
A travers mes battes une reconnaissance
Qui est venu par chance
Par mon travail, mon endurance.

J'ai bientôt 12 ans quand j'entame une nouvelle scolarité
à l'Institut Epin. Je pense avoir retrouvé un semblant de
liberté car, enfin, je rentre chez moi tard le soir. Mais très
vite, je vais déchanter face à la dureté de l'incompétence

et de la violence de mon professeur de français Monsieur GIRARD, petit bonhomme vilain, dépourvu de pédagogie. Pour lui, l'enseignement se résout à mettre des coups et applique une certaine violence moral et physique qui amène à vous dégoutez des études. Je me souviens de ce jour où j'ai été appelé au tableau d'un air autoritaire :

« Lelaidier, debout ! »

Je me lève en étant très timide et sans conviction, vraiment apeuré.

A toi, mon amour, mon papa,
Je ne sais pas si c'est toi, si c'est moi,
J'aurais voulu toucher tes doigts
Mais la vie à voulu que l'on en soit là
J'ai passé mon temps à t'espérer
Depuis que tu es parti tout s'est arrêté
J'ai un vide, une souffrance, une larme non séchée
Laisse-moi encore une fois t'embrasser
Te sentir ou tout simplement t'espérer
Même si la vie nous a séparé
Je te savais vivant et j'étais rassuré
A chacun de mes pas, ton ombre s'est dessiné
Maintenant j'ai mal, plus rien à rattraper
Même le vent ne peux me faire oublier
Que jamais plus, je t'entendrais souffler
Je t'embrasse de tes cendres,
je voudrais que tu me reviennes
A moi seul, comme une nouvelle destinée,
Ou simplement du temps, te sentir te regarder.

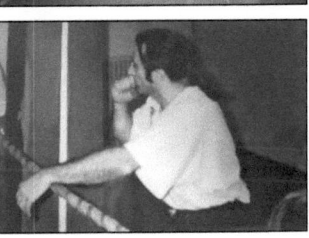

Liste des boxeurs et leurs photos :

Patrick MAKENGO

SAOUDI

Cosmin TUTU

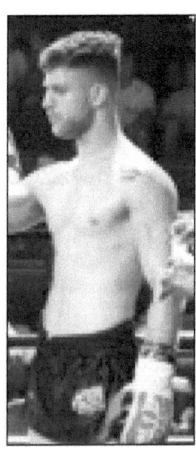

Martial VANDAIS

Gad AVERDY

Valérie DOMERGUE

Bakari TOUNKARA

Bruno MARTIN

Papy

Krim HAMITECHE

Magur ORTON

Yannick REINE

Clémence SCHREIBER

Racim BATOUCHE

Chabane CHAIBEDDRA

Mickael LEBOUT

Kevin ALL

Frédéric BOSCOS, champion de France de Kick Boxing et de boxe Thai.

Melvin LELAIDIER

Mon coach Claude LUTO, mon cousin José, la journaliste de « E=M6 », moi et le cameraman.

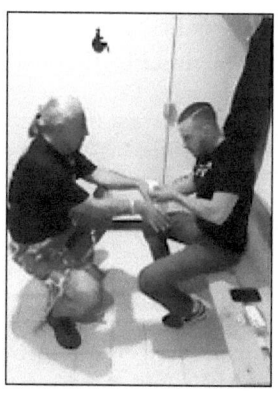

EIN HERZ FÜR AUTOREN A HEART FOR AUTHORS À L'ÉCOUTE DES AUTEURS MIA KA
HJÄRTA FÖR FÖRFATTARE UN CORAZÓN POR LOS AUTORES YAZARLARIMIZA GÖNÜ
CUORE PER AUTORI ET HJERTE FOR FORFATTERE EEN HART VOOR SCHRIJVERS TE
SZERZŐINKÉRT SERCE DLA AUTORÓW EIN HERZ FÜR AUTOREN A HEART FOR AUTH
CORAÇÃO ВСЕЙ ДУШОЙ К АВТОРАМ ETT HJÄRTA FÖR FÖRFATTARE Á LA ESCUCHA
AUTEURS MIA ΚΑΡΔΙΑ ΓΙΑ ΣΥΓΓΡΑΦΕΙΣ UN CUORE PER AUTORI ET HJERTE FOR FORF
YAZARLARIM ÍVÜNKET SZERZŐINKÉRT SERCE DLA AUTORÓW
FOR SCH TORES NO CORAÇÃO ВСЕЙ ДУШОЙ К АВТОРАМ E

L'auteur

Je suis né le 20 mai 1957 à Créteil. J'ai commencé
la lutte à Ivry sur Seine avec Bart Camistra puis j'ai
enchainé le Kung Fu Willy Pham Loy, à Bagnolet
pour commencer la savate avec Monsieur Lafont
et me diriger vers le full contact avec Monsieur
Dominique Valera et Patrick Salomon où je
m'entraine à la rue Broca aux Gobelins. Ensuite
au Yamatsuki, j'ai suivi les cours de boxe thaï de
Roger Paschy et du Thaïlandais Soudarett. J'ai
combattu en boxe française, kung fu, kick boxing,
boxe thaï et MMA avec Mathieu Nicourt, pour
finir par les plus de 300 battes de baseball que
j'ai pu casser.

La maison d'édition

Qui arrête de progresser, arrête d'être bon!

En se basant sur notre slogan, c'est notre désir de trouver de nouveaux manuscrits et de les faire publier. Depuis plusieurs décennies déjà, nous avons donné nos cœurs aux livres et nous nous engageons pour chacun de nos auteurs et chaque livre personnellement.

Nous faisons pour chaque manuscrit une relecture en quelques semaines. La relecture est gratuite et sans engagement.

Pour plus d'informations sur notre maison d'édition et nos livres, reportez-vous à notre site:

www.novumpublishing.fr